U0068140

國家圖書館出版品預行編目 (CIP) 資料

這有什麼好怕的?/羅怡君文 ; Mori三木森圖. -- 第一版. -- 臺北市 : 親子天下股份有限公司, 2024.03
38面 ; 19x26公分. -- (繪本 ; 354)
(SEL繪本. 自我覺察篇)
ISBN 978-626-305-701-2(精裝)

863.599　　113000727

繪本 0354

SEL 繪本 〉自我覺察篇 〈

# 這有什麼好怕的？

文｜羅怡君
圖｜ Mori 三木森

責任編輯｜蔡忠琦　美術設計｜蕭華
行銷企劃｜高嘉吟、張家綺

天下雜誌群創辦人｜殷允芃　董事長兼執行長｜何琦瑜
媒體暨產品事業群
總經理｜游玉雪　副總經理｜林彥傑　總編輯｜林欣靜　行銷總監｜林育菁
資深主編｜蔡忠琦　版權主任｜何晨瑋、黃微真

出版者｜親子天下股份有限公司　地址｜台北市 104 建國北路一段 96 號 4 樓
電話｜（02）2509-2800　傳真｜（02）2509-2462　網址｜ www.parenting.com.tw
讀者服務專線｜（02）2662-0332　週一～週五：09:00~17:30
傳真｜（02）2662-6048　客服信箱｜ parenting@cw.com.tw
法律顧問｜台英國際商務法律事務所・羅明通律師
製版印刷｜中原造像股份有限公司
總經銷｜大和圖書有限公司　電話：（02）8990-2588

出版日期｜ 2024 年 3 月第一版第一次印行
定價｜ 350 元　書號｜ BKKP0354P　ISBN ｜ 978-626-305-701-2（精裝）

訂購服務
親子天下 Shopping ｜ shopping.parenting.com.tw
海外・大量訂購｜ parenting@cw.com.tw
書香花園｜台北市建國北路二段 6 巷 11 號　電話（02）2506-1635
劃撥帳號｜ 50331356　親子天下股份有限公司

立即購買 >
親子天下 Shopping
親子天下 有聲故事書

# 這有什麼好怕的？

文・羅怡君
圖・Mori 三木森

.....

螞蟻這麼小，
有什麼好怕的？！

螞蟻雖然小，卻能搬運比自己重一千倍的東西；一群螞蟻可以殺死一頭大象；還有，螞蟻無所不在！

尋找影

牠們

安安靜靜。

牠們

來無影、

去無蹤。

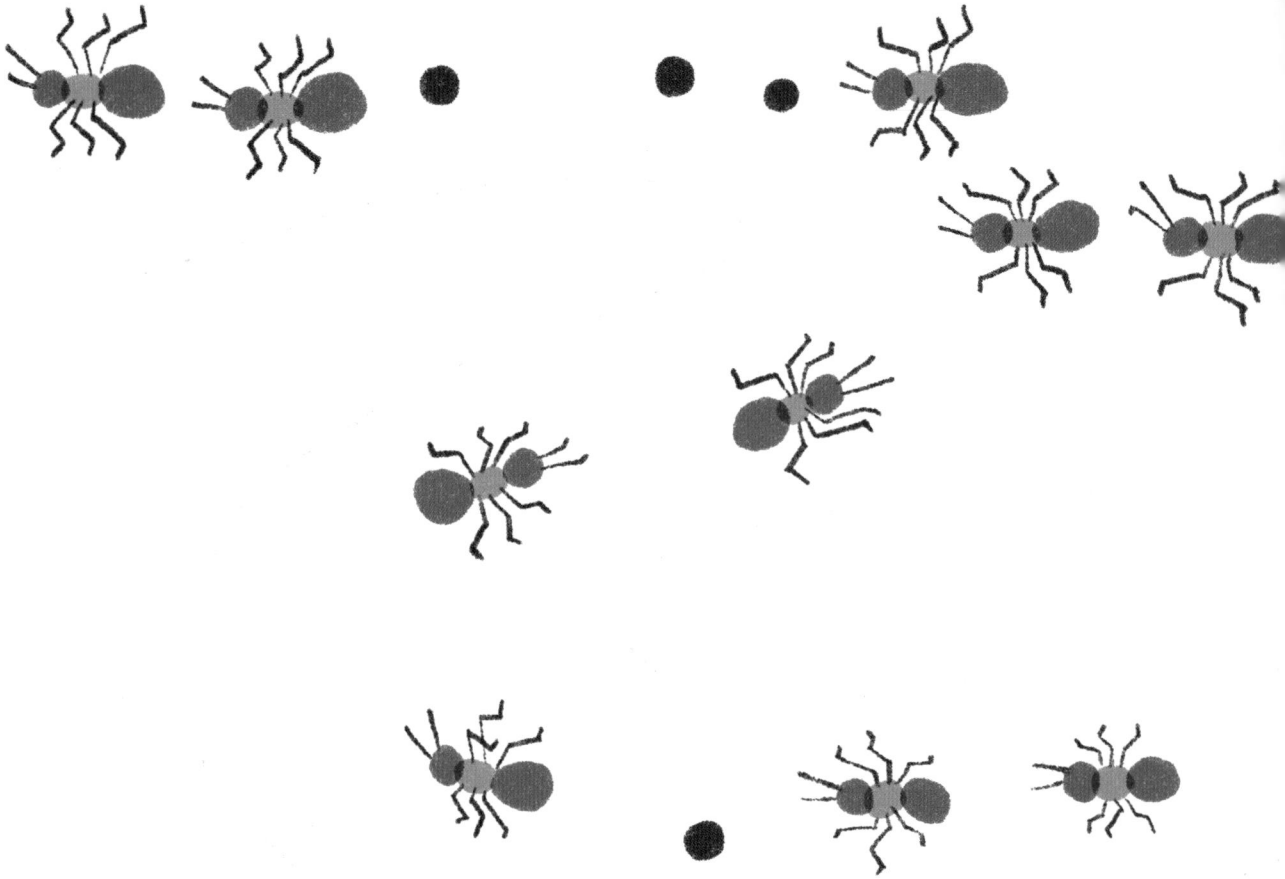

牠們很聰明，

打個暗號立刻組成大軍。

DANGER!

螞蟻，是世界上最可怕的東西！

而且牠們好像都不會累……

可是我好累，

我要準備上臺說故事給大家聽。

要把故事背起來，
我好怕上臺就忘光；

要看書找資料，
我好怕會看不完。

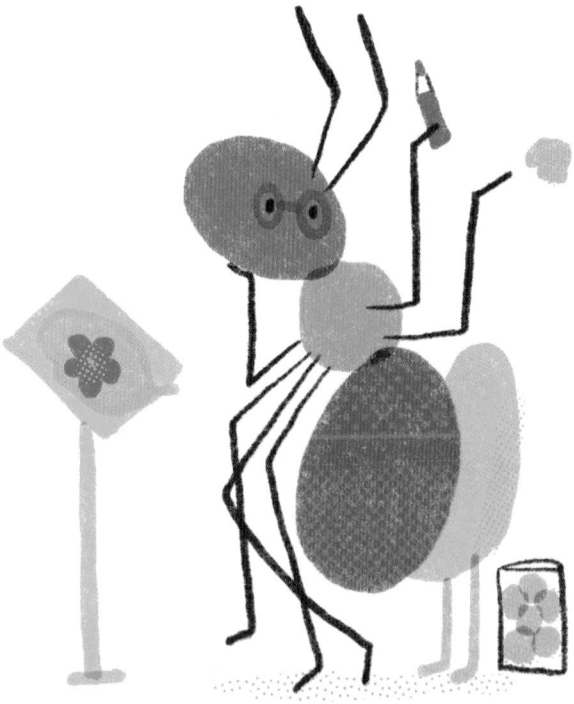

還要做厲害的道具，我好怕大家不喜歡這個故事……

吼！

嘶ㄙ一
HELP!

哇ㄨㄚ！
喝ㄏㄜˋ！
嘿ㄟˋ！

我贏了！
嘿嘿！

呼！

終於結束了！

咦？ 好久沒看到螞蟻了？

牠們到哪裡去了？

喔，牠們在這裡！

這裡也有！
ㄓㄜˋ ㄌㄧˇ ㄧㄝˇ ㄧㄡˇ

牠們都還在！

「你不是怕螞蟻嗎？為什麼一直找螞蟻啊？螞蟻才怕你吧！」

咦？ 有嗎？
原來是我在
「找」螞蟻？

這樣到底是害怕？

還是不害怕呢？